Dazzlers

Translated to Greek from the English version
of Dazzlers

Ελάναγκα

Ukiyoto Publishing

Όλα τα παγκόσμια δικαιώματα δημοσίευσης
κατέχονται από

Ukiyoto Publishing
Δημοσιεύθηκε το 2024
Περιεχόμενο Πνευματικά δικαιώματα © Elanaaga

ISBN 9789362692634

*Ολα τα δικαιώματα διατηρούνται.
Κανένα μέρος αυτής της έκδοσης δεν επιτρέπεται να αναπαραχθεί, να μεταδοθεί ή να αποθηκευτεί σε σύστημα ανάκτησης, σε οποιαδήποτε μορφή, με οποιοδήποτε μέσο, ηλεκτρονικό, μηχανικό, φωτοτυπικό, ηχογραφημένο ή άλλο, χωρίς την προηγούμενη άδεια του εκδότη.*

Τα ηθικά δικαιώματα των δημιουργών έχουν διεκδικήσει.

Αυτό είναι ένα έργο μυθοπλασίας. Ονόματα, χαρακτήρες, επιχειρήσεις, μέρη, γεγονότα, τοποθεσίες και περιστατικά είναι είτε προϊόντα της φαντασίας του συγγραφέα είτε χρησιμοποιούνται με πλασματικό τρόπο. Οποιαδήποτε ομοιότητα με πραγματικά πρόσωπα, ζωντανά ή νεκρά, ή πραγματικά γεγονότα είναι καθαρά συμπτωματική.

Αυτό το βιβλίο πωλείται υπό την προϋπόθεση ότι δεν θα δανειστεί, δεν θα μεταπωληθεί, θα εκμισθωθεί ή θα διανεμηθεί με άλλο τρόπο, χωρίς την προηγούμενη συγκατάθεση του εκδότη, με οποιαδήποτε μορφή δεσμευτικού ή εξωφύλλου εκτός από αυτό στο οποίο βρίσκεται, ως εμπορικό ή άλλο τρόπο. δημοσίευσε.
www.ukiyoto.com

Στον στενό μου φίλο, Dr. D. Narayana (Ντουμπάι).

Περιεχόμενα

Ζωντανό πτώμα	1
Πραγματοποίηση	2
Η αλλαγή	3
Η Φευγαλέα Χαρά	4
Εμπόδιο	5
Ευαίσθητη όψη	6
Ποσότητα – Ποιότητα	7
Απογοήτευση	8
Η επίδραση	9
Εκδήλωση	10
Μις Φόρτσουν	11
Παραλογισμός	12
Στάση – Επιτυχία	13
Το μεγαλύτερο τεστ	14
Σύνδρομο 'Like - All'	15
Ο χρόνος διδάσκει	16
Πόνος – Απόλαυση	17
Ευχάριστος Ευτυχισμός	18
Εσωτερικός	19
Ασύλληπτο	20

Σωστή θεραπεία	21
Ασυμφωνία	22
Ευχαρίστηση	23
Εκτροπή	24
Ιεροί Λυγμοί	25
Προσπάθεια – Αποτέλεσμα	26
Το Mellowing	27
Το βασικό εμπόρευμα	28
δυσαρέσκεια	29
Προσπάθεια – Αποτέλεσμα	30
Προστατευτικό κάλυμμα	31
Αντίληψη	32
Ανισότητα	33
Απόκρυψη	34
Bane – Boon	35
Διαφορά	36
Κατοικίες - Οι ρόλοι τους	37
Διάκριση	38
Fortune Of Forty Winks	39
Ο Μεγάλος Καταστροφέας	40
Διαφορετική Διάκριση	41

Fortune Of Harmony	42
Power Of Place	43
Εμπειρία – Συνέπεια	44
Το όφελος του να είσαι γέρος	45
Λάμψη – Μείωση	46
Επιφανειακή Λάμψη	47
Υπεροχή	48
Θαύμα	49
Facebook – Ένα πραγματικό γάντζο	50
Sham Straight Shooters	51
Βαθμοί	52
Hype – Fallout	53
Λέξεις – Αξία	54
Ποίηση – Ποιητής	55
Πρόωρο ποίημα	56
Ο τσιγκούνης	57
Κύκλος	58
Καταπάτηση	59
Ο πόνος του βαρύτητας	60
θημωνιά	61
Η εποχή των δεσμών	62

Κούραση	63
Εξωτερική γοητεία	64
Διαφορά	65
Νέα Αλήθεια	66
Ελάττωμα	67
Ταλαιπωρία	68
Απάθεια – After Effect	69
Roots Of Charm	70
Η Εξωτερική Λάμψη	71
Σχετικά με τον Συγγραφέα	72

Ζωντανό πτώμα

Παρά το γεγονός ότι έχει μάτια
  Δεν μπορώ να δω όμορφα πράγματα
Αν και έχω αυτιά
  Δεν μπορώ να ακούσω γλυκές νότες
Έχω καρδιά
  Δεν γεννιούνται όμως συναισθήματα μέσα του
Δεν είναι καλύτερο από εμένα ένα πτώμα;

Πραγματοποίηση

Έχοντας γίνει εύπορος
Γεύτηκα όλες τις πολυτέλειες
Αλλά περνώντας μια μέρα με έναν φτωχό
που είναι παράδειγμα αρετής
Κατάλαβα ότι είμαι ο πιο φτωχός

Η αλλαγή

Έτρεξα με το σπαθί στο χέρι
να κόψει το κεφάλι ενός αγέρωχου άντρα
Αλλά συγκινημένος από το στοργικό του χαμόγελο
του πρόσφερε λουλούδια,
έπεσε κατάκοιτος μπροστά στα πόδια του
και επέστρεψε.

Η Φευγαλέα Χαρά

Μπούχτισα από χαρά
όταν έφτασα στην επιφάνεια της γης
από ένα βαθύ φαράγγι,
αλλά σύντομα λυπήθηκε συνειδητοποιώντας
Πρέπει να ανέβω ένα βουνό.

Εμπόδιο

Παραμερίζοντας τον ισχυρισμό
κάποιες λέξεις ορμούν ενοχλητικά
στο μέτωπο στην ποίηση;
Πάντα τέτοια γνώση
πρέπει να υπάρχει στο μυαλό του ποιητή.

Ευαίσθητη όψη

Χαιρόταν που έχει
η πιο ανοιχτή επιδερμίδα
σε όλη την τάξη.
Αλλά όταν μπήκε ένα πιο δίκαιο αγόρι,
Το πρόσωπό του «σκοτείνιασε».

Ποσότητα – Ποιότητα

Σάλπισε ένας ποιητής ως εξής:

«Έγραψα σωρούς βιβλίων».

Αυτό που μετράει είναι η ποιότητα και όχι η ποσότητα,

θα πρέπει να συνειδητοποιήσει.

Απογοήτευση

Η επιθυμία της ευημερίας είναι ένα βότσαλο,

Η έλλειψη ικανοποίησης είναι μεγάλο βουνό.

Η τύχη της δημιουργικότητας είναι ο ήλιος.

περιεχόμενο του υλικού ανέσεων,

απλά ένα φως κεριού.

Η επίδραση

Όταν ήταν κηπουρός,
στην ανάσα του άνθισαν γιασεμιά.
Όταν όμως έγινε υπάλληλος σε κλαμπ
μόνο η βρώμα του νομίσματος επικρατούσε!

Εκδήλωση

Καθισμένος σε ένα κλειστό δωμάτιο,
Άνοιξα μια εφημερίδα.
Ο έξω κόσμος
Απλώστε μπροστά μου.

Μις Φόρτσουν

Ήταν θλιμμένος,

γιατί δεν είχε σκάλες

Καθώς ήρθε η ώρα τώρα πήρε ένα.

Αλλά δεν μπορεί να το χρησιμοποιήσει

αφού είναι κλινήρης

Παραλογισμός

Όταν ένα θαμπό κεφάλι κινείται

σε ένα ολοκαίνουργιο αυτοκίνητο Benz

όλα τα κεφάλια στρέφονται σε αυτό

Αλλά κανένα κεφάλι δεν ενδιαφέρεται να ρίξει μια ματιά

ένα βουνό ευρυμάθειας

καβάλα σε ένα ξεχαρβαλωμένο σκούτερ

Αυτό δεν είναι παρά ένα συνηθισμένο περιστατικό

Στάση – Επιτυχία

Ο εχθρός μου βρυχήθηκε σαν τίγρη,
φύτρωσε σαν λιοντάρι.
Ατρόμητος, ήμουν.
Αργότερα όμως όταν εκείνος
Διατήρησε μια σοβαρή ηρεμία
Έτρεμα από φόβο

Το μεγαλύτερο τεστ

Τελείωσα τις εξετάσεις μου

Τώρα προετοιμάζεται για μια ακόμη μεγαλύτερη δοκιμασία

Τι είναι αυτό;

Αναμονή για τα αποτελέσματα

Των εξετάσεων!

Σύνδρομο 'Like - All'

Είμαι ανήσυχος

όταν βλέπω τη συγκομιδή των «μου αρέσει» στο Facebook

Τίποτα δεν είναι αντιπαθητικό!

Δεν είναι αυτό ένα αίνιγμα που δεν μπορεί να λυθεί;

Ο χρόνος διδάσκει

Μέχρι που με τρόμαξαν οι ευθύνες
Δεν είχα συνειδητοποιήσει την αξία της παιδικής ηλικίας
Μέχρι που έχασα το δρόμο μου στο βαθύ δάσος
Δεν αναγνώρισα την απόλαυση της πίσω αυλής

Μόνο όταν ηχεί μια φλόγα
η αξία του χιονιού είναι γνωστή ίσως

Πόνος – Απόλαυση

Είμαι αηδιασμένος.
Νίκη αφού με έπιασε μια νίκη.
Είμαι στενοχωρημένος
Γιατί η ήττα μου διέφυγε

Μιζέρια, ίσως
είναι καλύτερο από τις οδυνηρές απολαύσεις

Ευχάριστος Ευτυχισμός

Η έρημος που
ονειρεύεται τολμηρά πυκνά σύννεφα
αξίζει συγχαρητήρια με
στεφάνια από σταγόνες βροχής

Εσωτερικός

Οι προσωπικότητες καθορίζουν τους ανθρώπους

Αυτός που λατρεύει το στιλέτο
δεν του αρέσει η συμπόνια
Ο άλλος που εκτρέφει κουνέλια
απεχθάνεται τη σκληρότητα

Ασύλληπτο

Όταν το φεγγάρι κρύβεται πίσω από τα σύννεφα
μπορούμε να το ξέρουμε
Αλλά μερικές φορές δεν μπορείς να υποθέσεις
τι κρύβεται πίσω από τα λόγια κάποιου

Σωστή θεραπεία

Τελευταία, όλος ο κόσμος είναι
μου φαίνεται μαύρος
Άνθρωποι, περιβάλλοντα - τα πάντα
είναι σκοτεινό γύρω μου

συλλογίστηκα πολύ
και διάλεξε τη σωστή θεραπεία:
Ξεπλύνετε το σκοτάδι
συσσωρεύτηκε μέσα μου

Ασυμφωνία

Η καρδιά του είναι απαλή σαν βούτυρο
αλλά κοφτερό σαν μαχαίρι
Το μαχαίρι δεν μπορεί να μαλακώσει
Ούτε μπορεί να ενσαρκωθεί ως βούτυρο
Το αποτέλεσμα, δυστυχώς, είναι -
Παλεύει με τον εαυτό του καθημερινά

Ευχαρίστηση

Το τραγούδι είναι ο Γάγγης

Η Ράγκα είναι σχεδία

Οι νότες είναι ευλογίες

Και το ταξίδι είναι χαρούμενο

Εκτροπή

Όταν έκανα τη ζωή ενός φτωχού
Ήθελα μόνο φαγητό, τίποτα περισσότερο.
Τώρα, έχω αρκετό φαγητό
και ιδού, η καρδιά μου λαχταρά ένα ποδήλατο!

Ιεροί Λυγμοί

Όποτε διάβαζα εξαιρετική ποίηση, έκλαιγα

Όποτε άκουγα υπέροχη μουσική, έκλαιγα

Όποτε συνάντησα την ανθρωπότητα προσωποποιημένη,

κλαψούρισα

Μετά από τόσα κλάματα

πόσο αγιάστηκε η καρδιά μου!

Προσπάθεια – Αποτέλεσμα

Εκεί που είναι θαμμένο ένα όπλο
εκεί φυτρώνει ένα δέντρο από σφαίρες.
Ρίξτε σπόρους αγάπης
στο χωράφι της καρδιάς σου, φίλε μου.
Η στοργή μεγαλώνει άφθονα

To Mellowing

Έτρεχε σαν έξαλλος ταύρος
στους δρόμους της πόλης.
Φτάνοντας στο σπίτι
τα παιδιά χαιρέτησαν θερμά
Αμέσως η πέτρινη καρδιά του
λιωμένο σαν πάγος!

Το βασικό εμπόρευμα

Οι λέξεις είναι μόνο εξωτερικά περιβλήματα
στην ποίηση
Αλήθεια, πρέπει να παλέψουμε για αυτούς.
Αλλά τίποτα δεν είναι πιο ζωτικό από
το βασικό συστατικό

Καμία ποίηση δεν μπορεί να φυτρώσει
σε ξεραμένη καρδιά

δυσαρέσκεια

Κάνοντας τη γλώσσα ένα νήμα
Έγραψα λέξεις, έφτιαξα γιρλάντες από
ποιήματα
Έγιναν μυρωδάτες γραμμές
Αλλά λόγια, όχι ταιριαστά
έγιναν συριστικές προτάσεις
και ξεπήδησε να με δαγκώσει

Προσπάθεια – Αποτέλεσμα

Εκκρίνονται γλυκές νότες
μόνο όταν πληγώνονται τα μπαμπού
Οι σπόροι βγάζουν το λάδι
μόνο στο χτύπημα

Αυστηρός κόπος
απαιτείται για καλά αποτελέσματα

Προστατευτικό κάλυμμα

Αν του κάνεις κομπλιμέντα
απλά χαμογελάει
Αν τον κατακρίνεις
απλά χαμογελάει
Αν τον επικρίνεις
απλά χαμογελάει
Αν τον νικήσεις
απλά χαμογελάει

Ένα χαμόγελο ήταν ο δυνατός κορσές
που προστάτευε τον εσωτερικό του εαυτό
από ανθοδέσμες και ρόπαλα

Αντίληψη

Γλυκά *ράγκα* δεν μπορούν να βγουν από
φλάουτα από χρυσό
Τα ροδοπέταλα δεν μπορούν να φανούν χρήσιμα
για το μαγείρεμα οποιουδήποτε κάρυ

Νομισματικές αξίες
mar την αντίληψη του ανθρώπου

Ανισότητα

Αυτός είναι ένας κόσμος ανισοτήτων

Εδώ, ένα μεγάλο ψάρι που καταπίνει ένα μικρότερο

καταβροχθίζεται από ένα ακόμη μεγαλύτερο

Με τον ίδιο τρόπο, ένας ψηλός τύπος

ξεγελιέται από έναν ψηλότερο

Όλοι πρέπει να καταβάλουν προσπάθεια,

ίντσα προς τα εμπρός σταδιακά

και προσπάθησε να αγγίξεις τον ουρανό

Απόκρυψη

Ένας ωκεανός φαίνεται ήρεμος
Μπορεί όμως να κρύβει ηφαίστεια.
Μερικοί άνθρωποι φαίνονται ανενόχλητοι
Οι βόμβες όμως σκάνε μέσα

Δεν υπάρχει μετρητής
που μπορεί να μετρήσει
εσωτερική καταστροφή

Bane – Boon

Αν η ζωή πρέπει να εξαρτάται
για τους μισθούς, είναι μια τραγωδία
Ενδυνάμωση με στοργή
παρά από την ευημερία
είναι η πραγματική ευημερία

Διαφορά

Η καρδιά πατάει σε μονοπάτι

ενώ ο εγκέφαλος ταξιδεύει στα σύννεφα

Το ένα είναι υπέροχο
Το άλλο είναι καλό

Κατοικίες - Οι ρόλοι τους

Μένοντας στο σπίτι για πολύ
νιώθει κανείς σαν να πηγαίνει σε αγρόκτημα
Όμως, δεν μπορώ να συνεχίσω εκεί
θέλει να φτάσει στο σπίτι

Η ποίηση, για μένα, είναι το ίδιο το σπίτι
ενώ η μετάφραση είναι αγροικία

Όμως, αργά
αντάλλαξαν τους ρόλους τους

Διάκριση

Ένα πουλί που πετά στον ουρανό δεν είναι υπέροχο
    γιατί έχει φτερά
    Ένας χαρταετός που επιπλέει στο στερέωμα
    επίσης δεν είναι υπέροχο
    γιατί έχει συνδεδεμένο κορδόνι
    Μια κροτίδα που πυροβολεί στην κοιλιά
    δεν είναι και καταπληκτικό
    αφού έχει μέσα μπαρούτι
    Ένα αεροπλάνο που πετά ψηλά
    δεν είναι και θαύμα
    γιατί το κάνει με τη δύναμη του καυσίμου

    Αλλά η φαντασία ενός ποιητή
    Το να αγγίζεις τον ουρανό είναι πράγματι υπέροχο
    Γιατί χωρίς βοήθεια είναι
    στην επίτευξη του άθλου

Fortune Of Forty Winks

Προσπαθώ να κοιμηθώ σε ένα μαλακό στρώμα
σε ένα δωμάτιο AC, ήμουν ανεπιτυχής.

Η ζήλια είναι αυτό που μου έμεινε
όταν είδα φτωχούς ανθρώπους
κοιμάται σαν κούτσουρα σε σκληρό χώμα

Ο Μεγάλος Καταστροφέας

    Τίποτα δεν είναι πιο καταστροφικό από μια
γλώσσα

    Μια μόνο πρόταση

    μπορεί να προκαλέσει τον όλεθρο σε πολλές
καρδιές

    Μια φράση αρκεί

    να προκαλέσει αναστάτωση

Διαφορετική Διάκριση

Όταν βλέπω την Ινδία που μπήκε στην Αμερική
Είμαι πολύ ευχαριστημένος
Αλλά βλέποντας την Αμερική
που διείσδυσε στην Ινδία
Νιώθω μελαγχολία

Το ένα είναι σημάδι της αγανάκτησής μας
ενώ το άλλο
καταστρέφει τον πολιτισμό μας

Fortune Of Harmony

Υποτιμώντας ένα ουσιαστικό
ένα επίθετο καυχήθηκε:
«Η πρόοδός σου βρίσκεται μόνο σε μένα»
Το ουσιαστικό πέρασε υπόγεια
δεν επέστρεψε για χρόνια
Το επίθετο κάθισε σκυθρωπός
και σκέφτηκε:
«Μόνο με ένα ουσιαστικό έχω δόξα
Μόνο με ένα ουσιαστικό, έχω ακεραιότητα»

Power Of Place

Οκτώ κρυπτικά στέκονταν στη σειρά
στα αριστερά του ψηφίου ένα
Ο τελευταίος χλεύασε τα μηδενικά:
«Μόνο σε μένα βρίσκεται η ύπαρξή σου.
Χωρίς εμένα η αξία σου είναι ασήμαντη»
Τα cyphers συζητήθηκαν
και μετακόμισε προς τα δεξιά από τα αριστερά
Τώρα,
Το πρώτο ψηφίο δεν έχει μείνει τίποτα
εκτός από να γίνει μακροπρόθεσμος

Εμπειρία – Συνέπεια

Ένα άρθρο στάλθηκε σε ένα περιοδικό
για αξιολόγηση και δημοσίευση
Το περιοδικό δεν το τύπωσε
διατηρήθηκε σε αναμονή για πολύ
Αν το άρθρο έμενε στον δημιουργό του
θα είχε την καθημερινή προσοχή
Έμεινε για πολύ χωρίς φροντίδα
επανήλθε μετά από πολλούς μήνες
Ο δημιουργός του θρηνούσε
Το παρακολουθούσε κάθε μέρα
Το άρθρο άρχισε να λάμπει με λάμψη
αλλά αρνήθηκε να πάει σε νέο περιοδικό

Το όφελος του να είσαι γέρος

Εγώ, που δεν μπορώ να περάσω τη δοκιμή κωδικού πρόσβασης

ονειρευόμουν παλιές εποχές χωρίς κωδικούς πρόσβασης

Εκείνες τις παλιές εποχές
οι πάσες ήταν πολλές, οι αποτυχίες λίγες

Λάμψη – Μείωση

Ένα χοντρό εξώφυλλο βιβλίου
μιλάει πάντα υποτιμητικά
σχετικά με μια εσωτερική σελίδα
Όμως, η εσωτερική σελίδα μπορεί να περιέχει
βαθύ θέμα
Το εξώφυλλο του βιβλίου λάμπει
είναι οι επιφανειακές λάμψεις του πούλιες

Επιφανειακή Λάμψη

Ένας κορώνας γέλασε με τα παπούτσια κοροϊδευτικά

Όμως, το coronet δεν έχει μεγάλη χρήση στην πραγματικότητα

Τα παπούτσια είναι πολύ χρήσιμα, έτσι δεν είναι;

Υπεροχή

Είναι αλήθεια
αυτό το λεωφορείο είναι πιο γρήγορο από το
πεζό
τρένο παρά λεωφορείο, σκέτο παρά τρένο
και διαστημόπλοιο παρά αεροπλάνο.
Αλλά, είναι μόνο ένας πεζός
που μπορεί να κινηθεί με αρ
άμεση απαίτηση καυσίμου

Θαύμα

Η βαθιά ποίηση δεν μπορεί να γεννηθεί
χωρίς ψιλόβροχο στην καρδιά
Ένα στήθος με φουσκάλες δεν μπορεί να βραχεί
με λέξεις που δεν είναι υγρές

Facebook – Ένα πραγματικό γάντζο

Μόλις τσίμπησε το σφάλμα του Facebook,

ο εγκέφαλός σας θα αρχίσει να αρρωσταίνει.

Δεν θα ξεκουραστεί ούτε για μια μέρα,

Η ειρήνη του εγκεφάλου θα είναι πάντα στο κόλπο.

Sham Straight Shooters

Κάποιοι λένε με μανία
ο θυμός είναι πράγματι πολύ κακός!
Καημένοι, είναι τυφλοί
στο ελάττωμά τους, είναι λυπηρό.

Βαθμοί

Κάποιοι είναι έχοντες που δεν μπορούν

εισαγάγετε (επενδύστε χιλιάδες ρουπίες) σε

επιχείρηση.

Κάποιοι άλλοι μπορεί να επενδύσουν χιλιάδες δολάρια

αλλά δεν μπορεί να πάρει πίσω ούτε εκατοντάδες

Hype – Fallout

Θεωρούσα τον εαυτό μου μεγάλο ποιητή,
  έκανε και άλλους να πουν το ίδιο.
  Σαράντα χρόνια μετά,
  Το όνομά μου ξεθώριασε.
αυτό ενός άλλου που έγραψε
καλύτερα αλλά παρέμεινε ήρεμος
έλαμπε λαμπερά.

Λέξεις – Αξία

Κόσκινοσα ένα μπολ με λέξεις,
διάλεξε μια χούφτα από αυτά
για την γραφή ενός ποιήματος.
Το ποίημα βγήκε ωραία
Δεν έχω πετάξει
τις υπόλοιπες λέξεις.
Ταίριαξαν καλά σε ένα ποίημα
που έγραψα την επόμενη μέρα!

Καμία λέξη δεν μπορεί να απορριφθεί
για πάντα, ίσως!

Ποίηση – Ποιητής

Η ποίηση είναι ένα φεστιβάλ
των γοητευτικών αντανακλάσεων
Ένας ποιητής κάνει πόλεμο
ενάντια σε δυσάρεστες ιδέες
Αυτός, λοιπόν,
συνοψίζει την ομορφιά
σε όλες τις περιπτώσεις

Πρόωρο ποίημα

Μια ποιητική σκέψη πρέπει να μεγαλώνει
συνεχώς

ως έμβρυο στη μήτρα ενός στυλό.

Μόνο όταν μεγαλώσει πλήρως

θα πρέπει να γεννηθεί.

Μωρά που γεννήθηκαν πριν από την πλήρη
γέννηση

είναι πρόωρα και συχνά αδύναμα

Ο τσιγκούνης

Μου αρέσει περισσότερο αυτός ο τσιγκούνης ποιητής.

κι εγώ ζηλεύω λίγο.

Αποκομίζει περισσότερα οφέλη ξοδεύοντας λιγότερα

Ενώ ξοδεύω περισσότερα και κερδίζω λιγότερα

Γιατί να ξοδεύουμε περισσότερα;

Οι λέξεις, εννοώ.

Κύκλος

Βλέποντας τα δεκαπενθήμερα
του φωτός και του σκότους,
πρέπει να πατήσουμε το
καρό ζωή στην καρδιά.
Το χιόνι στα Ιμαλάια
συσσωρεύεται το χειμώνα
και λιώνει το καλοκαίρι

Καταπάτηση

Καταπατώντας τον τοίχο,
ένας σκληρός πολιτικός
έδιωξε μια γάτα.
Το αιλουροειδές ένιωσε ντροπαλό

Ο πόνος του βαρύτητας

Είναι δύσκολο να περιγράψεις τον πόνο
    Από τα σύννεφα που δεν έβρεξαν.
    Αυτοί που έβρεξαν είναι τυχεροί.
    Μειώνοντας το βάρος των άλλων
    Δεν είναι τόσο εύκολο όσο σκεφτόμαστε.

θημωνιά

Είμαι κουρασμένος
Με την αναζήτηση βελόνας
Σε αυτή τη θημωνιά.

Τρομακτικές αποκρουστικές εικόνες,
Κοντά στελέχη χορδών που μοιάζουν με μονοκόμματα,
Ξηρές καρύδες χωρίς νερό μέσα –
Όλα έχουν συσσωρευτεί σε αυτή τη θημωνιά
Δυσκολεύοντας την αναζήτηση

Ωστόσο, δεν έχω όρεξη να σταματήσω.
Μια αμυδρή ελπίδα ότι η βελόνα
Μπορεί να βρεθεί να μένει τριγύρω!

***

Η εποχή των δεσμών

Το αόρατο χέρι που δένει
εσωτερικό ένστικτο με πρόσδεση
ενοχλεί πολύ το μυαλό.

Δαγκώματα επιλογής θεμάτων για ποιητές,
δεσμά πίστης για πνευματώδεις στοχαστές,
αυτά του φανατισμού για τους ώριμους άνδρες...

Πρέπει να σπάσω τα δεσμά μου

Πότε θα έρθουν οι καλές στιγμές;
Πότε θα ήταν οι άνθρωποι ελεύθεροι από τα δεσμά;

***

Κούραση

Εγώ, ταξιδεύω στον καυτό ήλιο
ένα μεσημέρι έξω από την πόλη...

Ψηλά δέντρα είναι εκεί,
 αλλά πόση σκιά μπορούν να προσφέρουν;
Ενώ λαχανιάζω, έτρεχε ιδρώτας,
 ένα μικρό δέντρο μάνγκο με κάλεσε με στοργή.

Κάποιο παρηγορητικό είναι πάντα εκεί σε αυτόν τον κόσμο

Ξεκουράζεται στη δροσερή σκιά,
Κοίταξα τα toddy δέντρα.

***

Εξωτερική γοητεία

Με έναν πετρόχτιστο τοίχο γύρω του,
ένα πηγάδι προσελκύει τους θεατές.

Λείο δάπεδο από τσιμέντο, όμορφα φυτά
κοσμούσε το περιβάλλον του.
Η χαριτωμένη τροχαλία του προκαλεί
έκσταση

Οι άνθρωποι έρχονται σε ορδές
να δεις το περίφημο πηγάδι.

Μα το πηγάδι στέρεψε προ πολλού!

***

Διαφορά

Διαφορετικοί άνθρωποι έχουν
Διαφορετικά κριτήρια.
Έστω και το σημείο αναφοράς ενός ατόμου
μπορεί να διαφέρει ανάλογα με το χρόνο.
Σπάζοντας το μυστήριο
των κριτηρίων είναι μια μεγάλη πρόκληση.

Νέα Αλήθεια

Πιάνοντας ένα ποντίκι
το σκάψιμο ενός λόφου δεν είναι ανοησία
όταν έπιασε το ποντίκι
είναι εξαιρετικό, αν και μικροσκοπικό.

Ελάττωμα

Χρησιμοποίησα εν μέρει γνωστές λέξεις
Στο ποίημά μου.
Δεν γνωρίζω πλήρως τη φύση τους.
Επομένως,
Στο ποίημα έλειπε το συναίσθημα

Ταλαιπωρία

Οι διακρίσεις είναι φίδι,
διακριτικότητα ένας βάτραχος.
Ο βάτραχος είναι θυμωμένος
αν ζητηθεί από το φίδι να δαγκώσει.
Το φίδι είναι έξαλλο
αν σου ζητηθεί να τα παρατήσεις!

***

Απάθεια – After Effect

Η αγανάκτηση της Ντριταράστρα

Μπροστά στο κλαψούρισμα Draupadi

Είναι ο σπόρος της δασικής πυρκαγιάς,

Που θα έκαιγε τον Καουράβα.

Roots Of Charm

Το γκροτέσκο δεν εξαφανίζεται
αν εξοριστεί ο καθρέφτης.
Η ομορφιά δεν φυτρώνει
στο χώμα χωρίς τον σπόρο της ομορφιάς
ακόμα κι αν ποτίζονται.

Η Εξωτερική Λάμψη

Καθισμένος στο κεφάλι,
μια τιάρα κοίταξε ένα ποδήλατο
και μουρμούρισε.
Συντετριμμένος, ο τελευταίος έφυγε
που εκπέμπει υπέροχες μουσικές νότες.

Το στέμμα χόρευε δαιμονικά,
λατρευόταν η προσβολή του αστραγάλου.
Αλλά ούτε μουσική ούτε ομορφιά
υπήρχε στη φάρσα του.

***

Σχετικά με τον Συγγραφέα

Elanaaga

Το Elanaaga είναι ψευδώνυμο. Το πραγματικό όνομα του συγγραφέα είναι Dr Surendra Nagaraju. Είναι παιδίατρος, αλλά πλέον ασχολείται πλήρως με τη δημιουργική γραφή, τη μετάφραση και την κριτική κ.λπ. Έγραψε μέχρι στιγμής 38 βιβλία. Τα 15 από αυτά είναι πρωτότυπα γραπτά (κυρίως στη γλώσσα Τελούγκου), ενώ τα 18 είναι μεταφράσεις. Από τα τελευταία, τα 10 είναι από τα αγγλικά στα Τελούγκου και τα 10 το αντίστροφο. Εκτός από την ποίηση και τις μεταφράσεις, έγραψε βιβλία για τη γλωσσική καταλληλότητα, την κλασική μουσική κ.λπ. Απέδωσε ιστορίες από τη Λατινική Αμερική, αφρικανικές ιστορίες, ιστορίες του Somerset Maugham και ιστορίες του κόσμου και ούτω καθεξής.

www.ingramcontent.com/pod-product-compliance
Lightning Source LLC
LaVergne TN
LVHW041542070526
838199LV00046B/1798